Meuterei

Larry Offenbecker

Writat

Diese Ausgabe erschien im Jahr 2024

ISBN: 9789359940533

Herausgegeben von
Writat
E-Mail: info@writat.com

MEUTEREI

von LARRY OFFENBECKER

**Diese Hilfsrakete war Rawsons erster Befehl;
und anscheinend auch sein letzter, denn Meuterer hatten das Schiff
übernommen und es in einem Treibsandbecken verloren.**

Captain Todd Rawson blickte wütend auf die Richtungsnadel, die ihm anzeigte, dass sein Raumschiff *Star Flight* seinen Kurs hielt wie eine Kugel. Er hatte etwas anderes befohlen.

Er war gerade dabei, seinen Stuhl wild nach hinten zu treten, als der Fernseher zum Leben erwachte.

„Ich rufe *Star Flight* ", intonierte der Kontrolloffizier vom Saturn, „Ich rufe *Star Flight* ."

Rawson betätigte einen Schalter und starrte weiterhin auf die Richtungsnadel. „Rawson – *Sternenflug* ." Seine Stimme war voller Lebendigkeit und voller Emotionen. „Wir geraten in einen räumlichen Sturm. Muss einen Umweg zur Tangente zum Kurs machen. Kommt zu spät."

"Um Gottes Willen!" Die Stimme von Saturn war eindringlich. „Die Pest vernichtet die gesamte Kolonie! Beeilen Sie sich!"

„Wir holen das Serum da! Raus!"

Rawson warf noch einmal einen Blick auf die unerschütterliche Nadel des Fahrtrichtungsanzeigers und schaltete den Fernseher mit so plötzlicher Kraft aus, dass er das Zifferblatt abbrach. Er riss sich von seinem Schreibtisch und polterte wie eine Jupiterlawine über das vibrierende Deck des *Star Flight* in den Raketenraum. „Herr Durk, ich habe den Rückwärtsgang der Raketen angeordnet."

Die Besatzungsmitglieder sahen auf und zwinkerten einander zu. Das war es!

Durk erhob seinen kurzen, stumpfen Körper wie ein Venuskrokodil und nahm stramm Haltung an. Seine Stimme klang wie ein heiseres Knurren.

„Der Alte – ihr jungen Punks glaubt, ihr wisst alles! Der Alte wäre direkt in den Sturm hineingegangen!"

Captain Rawson errötete leicht und spürte, wie seine Ohrenspitzen heiß wurden, als er den Mann anstarrte, der zwanzig Jahre älter war als er – den Mann mit fünfundzwanzig Jahren Erfahrung in der Raumfahrt.

„Ich bin hier der Kapitän", sagte Rawson mit einer Stimme, die so fest war wie das Schlagen der Motoren. „Meinen Befehlen ist ohne Fragen Folge zu leisten."

„Klar, jetzt bist du der Kapitän." Durk zwinkerte einem Mitglied der Crew verschmitzt zu. „Du hast einen goldenen Stern und das nötige Zubehör. Aber das haben wir nicht." Wir werden uns wegen etwas, das du in einem Buch gelernt hast, umbringen lassen.

Überraschenderweise lachte Rawson, ein tiefes Lachen, obwohl er wusste, dass er diesen Mann brechen musste, sonst würde er selbst gebrochen werden. Seine Worte trafen den leitenden Beamten wie eine neunschwänzige Katze.

„Mr. Durk, lassen Sie nicht zu, dass Ihre Bitterkeit Ihren gesunden Menschenverstand besiegt. Der alte Mann kannte alle Tricks. Sie kennen sie. Aber die Weltraumnavigation hat sich zu einer Wissenschaft entwickelt. Sie erfordert mehr als nur Faustregeln."

„Ich werde die Raketen nicht umkehren!"

Rawson betrachtete die ausdruckslosen Gesichter der weltraumerprobten Besatzung. Alles Veteranen. Männer des Unteroffiziers.

Als Rawson sprach, sprach er in glatten, abgehackten Sätzen. „Mr. Durk, ich werde kurz erklären, warum es tödlich wäre, direkt in den Sturm hineinzusteuern. Die Instrumente zeigen an, dass die Sturmströmung vor dem Schiff stark mit Elektronen geladen ist. Unser Raumschiff ist ein geladener Körper. Wenn wir die Beziehung zwischen dem Raumschiff und der Strömung mathematisch aufschlüsseln, erhalten wir die Gleichung

V ist gleich q/r

wobei V die Geschwindigkeit des Schiffes, q das Potenzial der elektronischen Ladung im Zentrum der Drift und r der Radius ist."

Rawson beobachtete, wie das Gesicht des Unteroffiziers immer länger wurde, doch er fuhr entschlossen fort.

„Wenn wir direkt in die Drift hineinsteuern, werden wir mit folgendem Gesetz konfrontiert: Je kürzer die Distanz, in der eine bestimmte Menge Arbeit verrichtet wird, desto größer ist die Kraft, die aufgebracht werden muss. Wir werden im Zentrum der Drift stecken bleiben. Um eine Katastrophe zu vermeiden, muss die Richtung der Drift an jedem Punkt im rechten Winkel zum Raumschiff stehen. Verstehen Sie?"

Mit dem Unverständnis in Durks Augen mischte sich tiefe Bitterkeit - Bitterkeit darüber, dass man ihn nach dem Tod des vorherigen Ersten Offiziers, den Durk liebevoll "den alten Mann" nannte, nicht zum Kapitän der *Star Flight ernannt hatte.*

Durk fing gerade an, tief in seiner Alligatorkehle zu knurren, als ihm die Situation durch die unabänderlichen Gesetze, die Rawson gerade dargelegt hatte, entzogen wurde.

Das Schiff erzitterte heftig und brachte Rawson und die übrige Besatzung aus dem Gleichgewicht.

Mit einem kreischenden Metall beschleunigte das Raumschiff seine Geschwindigkeit, als es in das Potenzial im Zentrum der Drift hineingezogen und von der Kraft seiner Raketen angeschoben wurde.

Mit Windhundsprüngen rannte Rawson auf die Einstellräder zu und drehte die Räder des Gyroskops. Das Schiff ächzte und schwankte. Es weigerte sich, die Kontrolle zu beachten.

„Power! Schalten Sie die Power um!" Rawson kreischte in die Gegensprechanlage. „Die Raketen umdrehen!"

Er spürte, wie die Instrumente unter seinen Händen zitterten wie Schilfrohre. Plötzlich gingen die Raketen kaputt. Als die Besatzung dann den Strom umkehrte, erwachten sie wieder zum Leben.

Der *Sternenflug* zuckte in einem Todeskampf zusammen. Die Raketen rasselten und schrien, als hätte man Sand in die Atomlader geworfen.

Langsam drehte sich das Schiff und neigte sich im rechten Winkel zur Strömung.

Ein greller Blitz zuckte über die Schalttafeln. Plötzlich erlosch das Licht. Das Schiff lag im Dunkeln.

Rawson riss an den Notschaltern und bekam sie unter Kontrolle. Ein Banshee-Geschrei ertönte durch den ganzen *Star Flight* . „Notfall! Notfall!"

In der Dunkelheit hinter ihm hörte Rawson das Krokodilgebell von Unteroffizier Durk. „Das Schiff ist außer Kontrolle, was? Wir treiben, was? Mal sehen, ob dich dein Wissen aus Büchern da rausholt!"

Rawson drehte sich um, und seine Stimme war eisig. „Mr. Durk! Betrachten Sie sich als verhaftet!"

"Hahaha-"

Durks Lachen ließ Rawsons Nackenhaare zu Berge stehen. Doch Rawson antwortete mit einer Stimme, die er ruhig halten wollte. „Du bist ein ausgezeichneter Unteroffizier, Durk – wenn du Befehle befolgst. Aber du wirst nie Kapitän werden!"

Das Raumschiff stürzte wie ein Blinder auf der Flucht direkt in den Gürtel der Kleinplaneten hinein.

„Ach , ich habe ein Recht!", rief Durk bitter. „ Bin ich nicht seit zehn Jahren der zweite Mann im Kommando? Ich kenne mich mit allen Tricks aus –"

„Ihnen fehlt die Ausbildung in Naturwissenschaften und Mathematik. Das ist heutzutage lebenswichtig!"

"Ich werde noch Kapitän sein. Wartet ab! Ihr könnt mich nicht verhaften. Die Mannschaft wird eure Befehle nicht ohne mein Einverständnis befolgen. Und ihr könnt mich nicht melden. Es steht euer Wort gegen mich und die Mannschaft!"

Rawson hob mutig sein Kinn. Er wusste, dass Durk die Wahrheit sagte. Und er wusste, dass er Durk niemals mit Gewalt brechen würde –

Der Kampf gegen den Willen des Mannes würde den Vulkandruck in ihm nur noch verstärken. Rawson entschied sich für einen psychologischen Trick. Er würde Durk die Chance geben, das Kommando zu übernehmen.

„Sehr gut, Herr Durk. Mal sehen, was Sie tun können." Er sprach mit erzwungener Ruhe. "Das Kommando übernehmen."

Rawsons kranichartige Beine klopften auf das zuckende Deck des Raumschiffs, und als er seine Kabine betrat , lächelte er grimmig vor sich hin.

Er setzte sich in die Dunkelheit und sein Lächeln wurde breiter, als die Notlichter aufleuchteten. Für solche Dinge war Durk ein guter Mann.

Rawson blätterte gerade in einigen Papieren auf seinem Schreibtisch, als ein junger Zyklon ohne anzuklopfen durch die offene Tür brach. „Captain, Sir!", rief der junge Seymour und sprang nach vorn. „Ich habe gehört –"

Rawson sprang auf. „Mr. Seymour, Achtung! Bitte gehen Sie und kommen Sie herein wie ein Gentleman."

Der Schiffsjunge krümmte sich wie ein Tornado, dem die Luft ausgegangen ist. Sanftmütig drehte er sich um, verließ die Kabine und schloss die Tür. Ein Klopfen ertönte.

"Komm herein."

Als Seymour eintrat, drehte Rawson hastig das Blatt Papier auf seinem Schreibtisch um. Er begrüßte den jungen Mann mit einem Lächeln.

„Das ist besser. Seien Sie immer ein Gentleman. Und sei es nur für Ihr eigenes Selbstwertgefühl."

„Ja, Sir." Seymours Augen blickten besorgt. „Ich wollte melden, dass ich die Mannschaft reden hörte. Sie sagten etwas von Übernahme. Ich verstehe es nicht, Sir. Bedeutet das Meuterei?"

Rawson schoss dem Schiffsjungen ein einziges Wort entgegen. „Durk?"

„Ja, Sir. Er hat es gesagt."

„Du weißt, dass du ein Spitzel bist?"

Das sommersprossige Gesicht des Jungen wirkte nervös. „Ich – das meinte ich nicht, Sir – das heißt." Er schluckte. „Ich dachte, es wäre meine Pflicht, Sir."

Rawson lächelte und in seiner Stimme lag väterliche Zärtlichkeit. „Gut, Mr. Seymour. Ich schätze Ihre Loyalität. Sie werden noch ein Star Point-Mann werden."

Rawson nahm das Papier von seinem Schreibtisch. „Ich habe gerade eine Empfehlung unterschrieben, dass Sie in den Jahrgang 2356 aufgenommen werden."

Das sommersprossige Gesicht des jungen Seymour breitete sich zu einem Grinsen aus – so breit, dass es sein Gesicht übertönte. „Mensch, Sir. Danke. Mensch! *Star Point!* "

„Ich habe ein Auge auf dich geworfen", fuhr Rawson fort. „Ich habe gesehen, wie du in deiner Freizeit studiert hast."

Rawson lehnte sich zurück und dachte nach. „Ich war vor zehn Jahren so. Ich habe hart gearbeitet! Und das ist mein erster Befehl. Ich bin stolz darauf."

Seine Stimme klang plötzlich wie eine Peitsche. „Und bei Gott, kein Mensch, nichts wird mich dazu bringen, meinen goldenen Stern zu entehren oder ihn mir wegzunehmen!" Sein Blick richtete sich stechend auf Seymour. „Was ist nun mit Durk und der Meuterei?"

„Er sagt, Sie seien ein Weichei, Sir. Sie haben Angst vor dem Sturm. Er sagt, Sie hätten nichts zu suchen –"

„Sehr gut, Mr. Seymour. Das wird alles sein."

<hr>

Rawson sah mit einem liebevollen Lächeln zu, wie Seymour ging.

Rawson hatte nicht die Absicht, zuzulassen, dass seine kostbare Ladung Serum verloren ginge oder sein erstes Raumschiff zerstört würde, weil Durk den Kapitänsposten übernehmen wollte.

Er nahm einen Band „ *Cross Currents of Space* " aus seinem Bücherregal und schlug ihn auf. Nachdem er viele Seiten aufmerksam durchgeblättert hatte, sprang er grinsend auf seine kranichähnlichen Füße.

Sie näherten sich Orus – dem Planeten, der mit Borax-Sand bedeckt war.

Rawson richtete seinen schlaksigen Körper auf, hielt sich mit gewaltigen Muskeln zusammen und schritt lässig auf seinen langen Beinen in den Kontrollraum.

Die Besatzung arbeitete unter der Notbeleuchtung und zerlegte das Bedienfeld. Durks tyrannische Stimme trieb sie an, so schnell zu fahren wie die Sklavenpeitschen des Jupiters. Sein Gesicht war von den Jahren auf den Weltraumrouten gezeichnet wie die Meteoritennarben eines Frachters und mit Ölstreifen bedeckt.

„Orus direkt vor uns", bemerkte Rawson grinsend. „Es wäre nicht gut, den *Star Flight* für Reparaturen aufzusetzen."

Durks Mund war so bitter wie der eines Alligators. „Wir gehen unter!"

Rawson schlenderte pfeifend und innerlich grinsend davon.

Die Raketen donnerten, als sie für die Landung ausgerichtet wurden. Es war eine ziemlich einfache Aufgabe und Rawson wusste, dass Durk damit zurechtkam.

Vom Backbord seiner Kabine aus sah Rawson, wie die *Star Flight* auf einem Riff zwischen einem dunklen und bedrohlichen Teich und einem sumpfigen Morast landete. Dahinter lag weißer, hügeliger Sand.

Rawson drehte sich abrupt um und war auf der Hut, als er schwere Schritte in seiner Kabine hörte. Durk und sechs der Crew.

„Nun, Mr. Smarty, jetzt haben wir Sie!" Durks heisere Stimme brüllte triumphierend. „ Damals verhaftet!"

Rawsons Muskeln kräuselten sich und in seinen blauen Augen sprühten elektrische Funken. "Festnahme?"

„Ja! Im Notfall nicht das Kommando zu haben ! Legt ihn in Fesseln, Jungs!"

Todd Rawson betrachtete die Gesichter der Besatzung. Die harten Linien um ihre Augen und der Schmutz auf ihrer Haut zeigten, dass sie eins mit dem Unteroffizier waren – Veteranen der Raumfahrt , die nur ihrer Erfahrung und Stärke unterlegen waren.

„Das ist Meuterei. Das wissen Sie, Mr. Durk!"

„Nein, ist es nicht !", sagte der andere tonlos. „Du hast deine Pflicht vernachlässigt. Ich und die Mannschaft werden dafür sorgen, dass das vor dem Kriegsgericht zu Hause durchkommt!"

Rawson sah, dass der Unteroffizier die Kraft hatte, ihn zu unterstützen. „Du hast diese Runde gewonnen, Durk. Aber es ist erst die erste." Er lächelte kühl.

Ein junger Zyklon donnerte in die Kabine. „Hey, was ist hier los?"

„Mr. Seymour!" Das von Rawson.

Der junge Seymour zögerte, aber sein sommersprossiges Gesicht strahlte. "Jawohl." Er antwortete mechanisch. Aber seine Fäuste waren geballt und er ging wütend auf Durk zu. „Das können Sie nicht! Der Kapitän hat mehr Verstand als Sie alle!"

„Halt die Klappe, Squirt!"

Der junge Seymour stürzte sich auf Durk und schlug erneut mit der Alligatorhärte des Unteroffiziers mit den Fäusten um sich. Durk gab dem Schiffsjungen geschickt Handschellen und stieß ihn in die Ecke.

Seymour erhob sich langsam und wischte sich das Blut von der Schnittwunde auf den Lippen. Er griff erneut mit gesenktem Kopf und geballten Fäusten an.

Durk warf ihm einen kurzen Blick zu. „Wirf ihn in Ketten."

Zwei harte Raumfahrer packten Seymour an den Armen und zerrten ihn strampelnd aus der Kabine. Die Worte des Jungen kamen ihm wieder in den Sinn. „Das wirst du noch bereuen , Durk –"

Rawson starrte seinen Unteroffizier mit steinerner Miene an. „Und?"

Durk kratzte sich nachdenklich am Kinn. „Hmmm, ich schätze, wir müssen dich nicht in Ketten legen. Du wirst nicht versuchen, in all dem weißen Sand wegzulaufen."

Zwischen mehreren Besatzungsmitgliedern kletterte Rawson aus dem Raumhafen. Er riss seinen kranichartigen Körper fast nach oben, als er sich in einen schweren, heißen, sengenden Wind beugte, der wie ein Hauch aus der Hölle aussah.

Auf der einen Seite erstreckte sich der weiße, schleimige Schlammteich wie eine ölige Todesschicht zwischen den steilen weißen Klippen, die ihn durchzogen. Er war etwa fünfmal so breit wie das Raumschiff und lag völlig leblos da, doch Rawson hatte das Gefühl, dass unter seiner Oberfläche Gefahr lauerte.

Rawson war der dritte Mann im Gänsemarsch, der sich über die rutschige, glasige Oberfläche des schmalen Felshalses kämpfte, der an der Spitze eines Morastfingers lag, der auf das schleimige Becken zeigte.

„Wir werden dich in einer dieser Höhlen da drüben festhalten." Durk zeigte über die Klippenlinie hinaus, die den Morast begrenzte. Dahinter erstreckten sich, soweit Rawsons Augen reichten, weiße, kahle Sanddünen.

Ein starker Sumpfgeruch stieg Rawson in die Nase. Sumpf Gas. Damit vermischte sich der alkalische Geschmack des Sandes, den ihnen der heiße Wind in Mund, Augen und Nase trieb.

Rawson balancierte vorsichtig auf dem Felsvorsprung und starrte voller Bedenken in den Teich.

Der Mann vor Rawson rutschte aus.

Er klammerte sich wild an Rawson, verfehlte ihn und rollte den glasigen Hang hinunter in den Pool.

Der Schlamm teilte sich schwer und mühsam auf und umgab ihn dann wie ein riesiges, saugendes Maul.

Der Mann schrie. „Treibsand! Hilfe! Es macht mich fertig – eeeeeh –"

Mit Entsetzen sah Rawson, wie die weiße, schleimige Masse ihn nach unten saugte – nach unten –

Rawsons Stimme schrie gegen das Kreischen des Windes. „Wirf ihm eine Leine!"

Der kämpfende Kopf des Mannes sank unter die Wasseroberfläche. Eine hektische Hand kämpfte gegen den Schlamm und sank immer tiefer. Die Hand verschwand. Blasen aus dem sterbenden Atem des Mannes drangen an die Oberfläche. Der Schleim trieb wieder zusammen und war wieder glatt und flüssig mit der Ruhe des Todes.

Rawson schauderte.

Er starrte Durk an, der verblüfft in den Pool blickte. Einer der Besatzungsmitglieder war unter Durks Kommando verloren gegangen. Würde es noch andere geben?

Als die kalten Nachtwinde aufkamen, saß Rawson in einer Höhle mit Blick auf das Erdloch.

Rawson studierte sorgfältig und akribisch die Besatzung und die Lage des Geländes, so wie ein General vor einer Schlacht das Gelände untersucht.

Er schaute in die Vertiefung hinunter, die wie ein riesiges, von innen nach außen gedrehtes Gesicht aussah. Der Grat, auf dem das Raumschiff ruhte, sah zwischen den beiden riesigen Augen wie eine monströse Nase aus – je weiter das Auge entfernt war, das Treibsandbecken und desto näher ein flacher Sumpf, über dem das Sumpfgas hing.

Die Besatzung lagerte bei einem kleinen Feuer in der Nähe des Sumpfes. In ihrer Nähe lag der junge Seymour mit gefesselten Händen und Füßen.

Sogar in der Höhle stöhnte der Wind unaufhörlich und trieb den bitteren Sand in Rawsons Mund. Es schoss über den gläsernen Grat und peitschte die Feuer neben dem Raumschiff.

Wenn ich Seymour retten kann, dachte Rawson, werden wir das Schiff kontrollieren, wenn es uns gelingt, den Kontrollraum zu halten. Aber er erkannte die Schwierigkeit.

Zwischen der Höhle und den peitschenden Feuern der Besatzung konnte Rawson den Nebel sehen, der tief über dem Sumpf hing, gerade außerhalb der Reichweite des Windes. Manchmal wurde ein wenig Nebel mitgerissen und in seine Nase gebracht – Sumpfgas.

Auf lautlosen Füßen kroch Rawson auf den Sumpf zu. Der Wachmann blickte nicht auf.

Rawson lag neben dem weichen, verrotteten Boden und der Vegetation. Unter der Deckung seines Körpers ließ er sein automatisches Feuerzeug zuschnappen. Er schleuderte das gleißende Licht in den Sumpf.

Er sprang zurück.

Sofort zuckte eine Flamme über den Sumpf und sprang in den Himmel, und der Lärm der Explosion brachte die gesamte Besatzung mit ihren Flammenstrahlwaffen in den Händen auf die Beine.

Sie stapften in die Sicherheit des Raumschiffs.

Im Schutz der Explosion stürmte Rawson auf Seymour zu, hob ihn auf und floh mit ihm in die Dunkelheit der Sandwüste, jenseits der Hügel.

„Mensch, Sir!" sagte der Junge, nachdem er sich von seinem Erstaunen erholt hatte, und sie versteckten sich auf einem hohen Hügel und blickten auf das aufgeregte Treiben im Lager hinab. "Hast du das gemacht?"

Rawson lächelte grimmig. „Nichts dagegen. Sümpfe erzeugen Sumpfgas oder Methangas, das leicht entflammbar ist. Ein kleines Feuer lässt eine stagnierende Gasblase mit einem Knall aufsteigen."

Der junge Seymour blickte mit besorgten Augen auf die Lichter des Lagers. „Es tut mir leid, dass Sie mich gerettet haben, Sir."

„Was ist das, Herr Seymour?"

Der junge Mann wich dem Blick seines Captains aus. „Ich habe mir gedacht, Sir, dass – nun ja, vielleicht hat Unteroffizier Durk recht."

„ Also hat Durk mit Ihnen geredet und Sie davon überzeugt, dass ich nicht genug Erfahrung habe, um ein Raumschiff zu kommandieren!"

„Die ganze Sache macht mir furchtbar zu schaffen, Sir. Es ist – oh je, Captain. Durk hat das Schiff und die Männer, und er hat 25 Jahre Erfahrung in der Raumfahrt . Er sollte wissen, was los ist."

Rawsons Stimme klang plötzlich so rau wie Jupiteralkohol. „Alles klar, Mr. Seymour. Ich verstehe. Machen Sie sich auf den Weg!"

Der Junge schlich davon wie ein geprügelter Hund. Einmal zögerte er und blickte zurück, dann pflügte er mit hängenden Schultern durch den Sand auf das Raumschiff zu.

Rawson sah ihm nach. Er hatte das Gefühl, von seinem letzten Freund verlassen worden zu sein.

Das lässt mich ganz allein zurück, dachte Rawson. Ich gegen die Crew. Ich muss das Kommando über das Schiff übernehmen. Das Serum muss durch. Saturn verlässt sich auf mich.

Ich sage immer noch, Mama hat recht. Man muss wissen, wie man Dinge macht, und den Mut haben, sie auch durchzusetzen. Ich gebe nicht auf.

Und Jennifer Kane wäre von mir enttäuscht, wenn ich meinen Star-Point-Eid aufgeben würde. Sie war so stolz, als ich meinen Abschluss machte. Und als ich meine Beförderungen erhielt. Innerhalb von drei Jahren vom Unteroffizier zum Kommandeur befördert. Kein Wunder, dass Durk so verbittert ist.

Aber heutzutage braucht es wissenschaftliche Erkenntnisse – das ist alles. Die Wissenschaft wird mir einen Ausweg verschaffen –

Rawsons Verstand begann wie eine komplizierte Maschine zu arbeiten. Während seiner Ausbildung waren Tausende von Wissensimpulsen in sein Gehirn eingespeist worden; nun begann sein Verstand, diese Impulse auszuwählen und zu analysieren, um eine Lösung für sein Dilemma zu finden.

Rawsons Selbstachtung war der Fels seines Mutes.

Ich muss das allein machen, dachte er. Als er sah, dass die Besatzungsmitglieder um das Raumschiff herum ruhig geworden waren und das Lager für die Nacht still war, stand er auf und kämpfte sich gegen den Wind über den glitschigen Felsrücken zum Raumschiff.

Im Raumschiff war es dunkel und still. Ein Besatzungsmitglied nickte schläfrig neben dem Feuer links. Doch er musste vorsichtig sein. Andere Besatzungsmitglieder konnten ihn jeden Moment angreifen.

Er schlüpfte in das Raumschiff. Er fand den Raumanzug. Er zog ihn rasch an und befestigte den Raumhelm um seinen Kopf. Der Raumanzug würde ihm in jedem Notfall helfen.

Er war gerade dabei, von den Schließfächern zum Kontrollraum hinter der Luke zu gehen, als ihn ein Wachmann sah. Der Mann griff nach ihm. „Hab dich!"

Doch die Muskeln seines knochigen Körpers spannten sich an und der Matrose fiel zur Seite. Rawson sprang durch die Schleuse und landete auf dem weißen Grat neben dem Treibsandbecken.

Die Schreie des Wachmanns riefen die restliche Mannschaft herbei und sie rückten von allen Seiten auf ihn zu.

Er wich langsam von dem bedrohlichen Kreis zurück und suchte nach einer Öffnung, durch die er fliehen konnte. Aber sie kamen von beiden Seiten des Schiffes. Hinter ihm war der schleimige Treibsand. Er ging rückwärts darauf zu.

Einer der stolpernden Füße der Besatzung löste einen Felsbrocken und dieser raste auf Rawson zu. Er sprang zur Seite, landete aber mit seinen kranichähnlichen Füßen auf dem Kies und verlor nach hinten das Gleichgewicht.

Die Crew erkannte, bevor Rawson tat, was passierte. „Er rutscht in den Treibsand! Halte ihn auf!"

Rawson spürte den Druck des nassen Sandes auf dem Raumanzug. Er kämpfte darum, sich an den Felsen festzuhalten. Sie gingen in seinen Händen davon. Er glitt tiefer.

Er spürte den Sog an seinen Füßen, der bis zu seiner Taille und über seine Schultern stieg.

Der weiße Treibsand floss über das Visier des Raumanzugs und verdunkelte das Licht des Mondes. Dennoch versank er immer weiter, langsam, stetig, in der Tiefe.

Mit Mühe zwang er seine Hand an seinen Gürtel und stellte die Hebel so ein, dass Sauerstoff für seine Atmung den Raumanzug anschwellen ließ.

Er konnte atmen , aber er konnte seine Bewegungen nicht kontrollieren. Der Druck des nassen Sandes lastete schwer auf ihm und hüllte ihn in eine Decke aus Dunkelheit.

Er bewegte sich langsam wie auf gefetteten Federn hinab in einen Abgrund ohne Boden. Seine Beine baumelten schlaff, bald hierhin, bald dorthin. Er streckte die Arme aus, um sich zu stabilisieren, aber der Dreck gab vor ihm nach.

Er hörte nur das leichte Blubbern des Sauerstoffs, der durch die Entlüftung seines Raumanzugs entwich.

Er spürte einen saugenden Zug an seinem Körper und an seinen Gliedmaßen, als er nach unten ging – nach unten …

Schließlich hing er in der Schwebe . Sein Gewicht glich die Dichte und den Druck des Sandes aus.

Sein Verstand arbeitete wie wild – in einem Wettlauf mit dem Tod.

Er erinnerte sich an den leicht alkalischen Geschmack, der an der Oberfläche in seinen Mund und seine Nase eingedrungen war. Alkalisch?

Er hatte darüber gelesen – in „ *Cross Currents of Space* “ – Orus sei der Borax-Planet.

Und plötzlich schoss ihm die Ausbildung in der Chemie von Borax durch den Kopf.

Er lächelte grimmig vor sich hin, als er nach der Wärmestrahlpistole an seiner Taille griff. Nein, es war nicht verloren gegangen. Er löste es und zwängte es durch den Treibsand vor sich.

Vorsichtig richtete er die Wärmestrahlpistole nach oben und drückte den Abzug.

Das Licht war so hell und intensiv und so heiß, dass Rawson spürte, wie die Hitze und das Licht im Treibsand ein Loch in den Dreck bohrten.

Es handelte sich um einen dünnen Durchdringungsstab, etwa fünf Zentimeter breit, der direkt nach oben bis zu der Stelle reichte, an der Rawson den Rand der Grube vermutete.

Lange und geduldig trainierte er die Heißluftpistole.

Und während er wartete, vollzog sich vor seinen Augen eine chemische Veränderung. Im Licht der Wärmestrahlkanone sah er, wie sich ein dünner

Stab aus weißer, poröser Masse bildete. Es erstreckte sich entlang der Linie des Wärmestrahls durch den Treibsand nach oben.

Und während er zusah, schmolz die weiße Masse zu einer klaren Flüssigkeit. Er hielt die Wärmestrahlkanone konzentriert, bis ihre Kraft nachließ und die Waffe zu einem nutzlosen Stück Metall wurde.

Rawson hatte gewonnen. Er hatte flüssiges Glas geschaffen.

Geduldig wartete er darauf, dass die Flüssigkeit hart wurde. Würde es ihm möglich sein, diesem Tod im Treibsand zu entkommen?

Stundenlang hing er im Schlamm. Als er feststellte, dass die Flüssigkeit genügend Zeit gehabt hatte, um zu Glas auszuhärten, streckte er seine Hand danach aus.

Seine tastenden Finger fanden einen starken, glatten Stab, der oben im Felsen verankert war.

Hand in Hand bahnte er sich den Weg nach oben und kämpfte sich durch den schweren Schlamm. Als er oben ankam, kroch er halb tot heraus und taumelte auf festen Boden.

Er stolperte. Aber er sah auf den ersten Blick, dass er sich weit von der Stelle entfernt hatte, an der er hingefallen war. Das Raumschiff war mehrere hundert Meter entfernt, vollständig von einem Hügel verdeckt.

Ein paar Meter weiter taumelte er und stolperte in einen feuchten Teich. Er nahm den Weltraumhelm ab, trank einen tiefen Schluck und stopfte sich ein paar konzentrierte Nahrungstabletten in den Mund.

Seine Muskeln waren wund und müde. Er wusste, dass er sich ausruhen musste. Er fand die Kühle einer Höhle. Kaum war er auf den sandigen Boden gefallen, fiel er erschöpft in den Schlaf.

Stundenlang lag er da und sein Körper regenerierte seine jugendliche Vitalität.

Er schüttelte sich unruhig im Schlaf, als er den Druck einer anderen Hand auf seiner spürte. Plötzlich setzte er sich auf, war auf der Hut.

Ein sommersprossiges Jungengesicht blickte mit Verwunderung in den blauen Augen auf ihn herab. „Captain Rawson, Sir", sagte Seymour. „Ich war auf Erkundungstour und habe Sie hier gefunden. Meine Güte, Sir, wie sind Sie aus dem Treibsand entkommen?"

Rawson betrachtete den jungen Mann verwundert. „Setzen Sie sich, Mr. Seymour." Rawson erzählte von dem Borax und seiner Flucht. „Aber was ist mit Ihnen und Durk?"

Der Junge machte mit seinem Fuß Kreise im Sand. Sein Blick mied den des Kapitäns. „Ich konnte es nicht ertragen, Sir. Mein Gewissen. Es war nicht richtig. Sie sind der Kapitän, egal, was Durk sagt."

„Danke. Okay, lass uns loslegen."

Zielstrebig gingen sie über den Sand auf das Raumschiff zu. Doch als sie sich der Spitze des Hügels näherten, hinter dem das Raumschiff lag, hörten sie eine Reihe lauter Explosionen. Rawson erkannte diese Geräusche.

Im Handumdrehen war er oben auf dem Hügel und starrte auf das Raumschiff.

Von dort kamen die Explosionen. Die Häfen waren geschlossen und es war niemand auf der Brücke.

Das Schiff hob ab!

Rawsons skelettartiger Körper zitterte vor Bestürzung. Er schrie, aber er wusste, dass es zwecklos war. Niemand konnte ihn über dem Donner der Raketen hören.

Und wenn ja? Durk könnte es für angebracht halten, zu melden, dass der Kapitän auf der Expedition verloren gegangen sei.

Zum ersten Mal in seinem Leben gab sich Rawson die Angst zu, auf diesem verlassenen Planeten verlassen zu werden!

Das Raumschiff bebte unter dem Einschlag der Raketen. Und Rawson bemerkte etwas Seltsames an dieser Vibration – sie war an sich normal, aber es war nie beabsichtigt, dass sie auf einer gläsernen Klippe auftritt, die in Treibsand abfällt.

Die Vibration löste die Schwerkraft des Schiffes – seine Stabilität auf dem Grat – es rutschte seitwärts.

Es rutschte seitlich in den Treibsand.

Das Raumschiff bewegte sich seitwärts über den Rand der Klippe und begann im Treibsandsee zu versinken.

Als die untere Hälfte des Rumpfes unter der Oberfläche des Schlamms verschwand, öffneten sich die oberen Luken und die Besatzung begann, vom Rumpf auf die Klippe zu springen.

Rawson zählte sie. Sie waren alle da. Alle sechzig – es sollten einundsechzig sein. Aber einer war bei der ersten Landung im Treibsand verloren gegangen.

Die Besatzung stand zusammengekauert da und beobachtete, wie die Oberseite des Schiffsrumpfes im Treibsand verschwand.

Rawsons Kranbeine trugen ihn zur Mannschaft. Ihre Gesichter zeigten Reue.

Ihm stand eine erbärmliche Truppe von Männern gegenüber, und der Erbärmlichste von allen war Unteroffizier Durk.

Rawson sagte einen Moment lang nichts. Er beobachtete die letzten Luftblasen, die aus dem Raumschiff am Boden des Treibsandes aufstiegen. Eine Blase nach der anderen zerplatzte. Der Sand wurde wieder glatter und hinterließ eine schleimige Glätte, die nichts verriet – die nicht verriet, dass alle Hoffnung verloren war.

Rawsons Stimme peitschte wie eine Peitsche. „Nun, Mr. Durk! Haben Sie über eine Lösung für das Dilemma der Mannschaft und für sich selbst nachgedacht?“

Durks Blick wich Rawsons Blick aus. Durks Stimme murmelte: „ Sie sind der Kapitän, Sir.“

Rawson schauderte innerlich. Er war der Kapitän – der Kapitän eines Raumschiffs, das es nicht mehr gab. Sie waren auf einem verlassenen Planeten gestrandet, ohne Nahrung und ohne Waffen.

Waffen? Er hatte noch seinen Hitzestrahler, aber der war durchgebrannt – nutzlos.

Müde wandte sich Rawson an den jungen Seymour. „Bring mir meinen Raumanzug.“

Es dauerte nur wenige Minuten, bis der Junge zur Höhle zurücklief und den Raumanzug holte. Langsam kletterte Rawson hinein.

Er wandte sich an Durk. „Ich gehe in den Treibsand. Vielleicht kann ich etwas finden – irgendetwas –“ Er seufzte. „Wenn ich nicht zurückkomme, nun, dann liegt es an dir.“

Er machte einen weiten Sprung nach vorne und spürte, wie seine Füße im Treibsand versanken.

Der Schlamm umhüllte ihn wie eine kalte, schleimige Schlange, die sich um ihn wand und ihn zerquetschte.

Als er unter die Oberfläche sank, hörte er die platzenden Luftblasen über sich wie zischende Todesgeflüster. Der schreckliche, erdrückende Treibsand zog sich wie zermalmende Riesenhände zusammen.

Diesmal hatte Rawson keinen Hitzestrahler, der ihm bei der Flucht hätte helfen können!

Seine Lippen verzogen sich hilflos unter dem Druck des Sandes und des Wassers. Es war, als wäre er lebendig in Zement begraben, der noch nicht ausgehärtet war.

Seine Füße stießen gegen etwas Festes. Den Schiffsrumpf. Er nutzte seine Füße als Hebel und stemmte sich gegen den Schlamm, der ihn packte, bis er zu einer der Luken kam. Sie war offen und der Treibsand war hineingesickert.

Rawson schaffte es, sich mit bloßer Muskelkraft am Geländer festzuhalten und sich hineinzuzwängen. Der sich bewegende, verflüssigte Sand bedeckte das gesamte Oberdeck.

Doch die Tür zu den unteren Luken und den Kontrolldecks hatte sich automatisch verschlossen. Er drehte den Hebel und drückte die Lukentür nach innen.

Der Druck des Sandes schleuderte ihn hinein wie Wasser, das aus einer Düse schoss.

Er rannte zur gegenüberliegenden Tür – rannte, um dem Treibsand entgegenzuwirken, der wie eine riesige Amöbe nach vorne sickerte.

Rawson gewann mit einer Sekunde Vorsprung. Er öffnete die Tür und tauchte hinein. Schnell schloss er die Tür und versiegelte sie, als er den Druck des Drecks dagegen spürte. Die Metallschlösser würden halten.

Er zog den Raumanzug aus und eilte zum Raketendeck. Alles war in Ordnung. Ein Besatzungsmitglied hatte auf den Ruf „Schiff verlassen!" automatisch die Desintegratormotoren abgeschaltet.

Rawson stellte die Geschwindigkeit auf Leerlauf ein. Er drehte die Raketenhebel. Einen Moment lang bebte das Schiff, als die Abgase gegen den Druck des Treibsands in den Rohren ankämpften.

Die Raketen donnerten mit voller Kraft. Rawson wartete. Die Hitze der Abgase war enorm – durch die Kompression im Schlamm noch zehnmal so hoch.

Hitze! Das war es!

Aber wären die Raketen stark genug, um die Zusammensetzung des Treibsandes zu verändern?

Er spürte die Hitze der komprimierten Gase durch den Boden des Schiffsrumpfs, und ihre Bewegung durch den Schlamm wurde von einem lauten „Glub-Glub-Glub" begleitet. Es klang wie das Ersticken eines Urzeitmonsters.

Dieses Geräusch verstummte allmählich, und die Hitze wurde intensiv. Rawson zog sein Hemd aus und wischte sich den Schweiß aus den Augen. Der Schweiß tropfte an seinen Armen herab und bildete kleine nasse Flecken auf dem Boden. Er begann, sein Gewicht von einem Fuß auf den anderen zu verlagern, da die Hitze an seinen Fußsohlen unangenehm wurde.

Es gab keine Möglichkeit zu sehen, was außerhalb des Raumschiffs vor sich ging. Sämtliche Öffnungen waren durch den Schlamm blockiert.

Dann berührte er die Skalen. Die Anzeige sprang von "Leerlauf" auf "Start". Er gab Gas.

Das Schiff machte einen Satz nach vorne, stöhnte und versank tiefer im Schlamm. Es ging nicht weiter.

Rawson schaltete den Motor wieder in den Leerlauf und wartete geduldig. Vielleicht ließ es sich noch tun.

Vielleicht – aber wahrscheinlicher nicht!

Rawson wollte nicht verzweifeln. Er wartete mit dem Mut seiner Überzeugung, dass die Wissenschaft einen Weg finden könnte.

Er wartete drei Stunden und berührte dann wieder die Steuerung. Er stellte die Regler so ein, dass die Nase nach unten drückte, und zog den Hebel für den Rückwärtsgang. Dann drückte er die Nadel auf Vollgas. Er legte den Gang ein.

Das Raumschiff machte einen Ruck nach hinten, fand festen Halt und kroch mit beschleunigter Kraft weiter. Es raste immer schneller voran wie ein entfesselter Neptun-Zyklon.

Und als er die Bewegung des Schiffes unter seinen Füßen spürte, blickte Rawson auf und sah das Licht durch den Schlamm strömen, der die Backbordfenster bedeckte.

Er hatte sich befreit!

Instinktiv steuerte er das Schiff ganz allein zu einem neuen Anlegeplatz. Er musste Navigator, Ingenieur und Pilot sein und die vielen mühsamen Dinge tun, die viele Hände und Gehirne erfordern, um ein Schiff zu steuern.

Einige Tage später waren sie in der Nähe von Saturn und Rawson hatte gerade Glückwünsche erhalten, dass er das Serum rechtzeitig eingebracht hatte, um Tausende von Leben zu retten. Er saß mit krummem Skelett wie ein Strauß an seinem Schreibtisch, als ein junger Zyklon in seine Kabine einbrach.

„Captain, Sir", rief der junge Seymour und sprang vorwärts. „Ich habe mitgehört –"

Rawson sprang auf. „Mr. Seymour, Achtung! Bitte gehen Sie wie ein Gentleman und treten Sie ein."

Sanftmütig kam der Schiffsjunge heraus und schloss die Tür. Ein Klopfen ertönte.

„Komm rein." Und als der Junge eintrat, sagte Rawson lächelnd: „Das ist besser."

„Ja, Sir. Ich möchte melden, dass ich ein Gespräch der Besatzung belauscht habe."

„Durk?"

„Ja, Sir. Unteroffizier Durk sagt, Sie seien zum verdammt besten Weltraumkommandanten gewählt worden, der jemals zu den Sternen geflogen ist. Und dass er jedem, der etwas anderes behauptet, die Jeans vom Leib lecken wird.“